48

$L.б. 14/77.$

ELOGE

A LA MEMOIRE

DE SON ALTESSE ROYALE

MGR LE DUC DE BERRY,

Cet ouvrage se trouve aussi :

A PARIS, chez Leclere, Quai des Augustin, n° 59.
ORLÉANS, Rouzeau-Montaut.
TOURS, Mame.
ANGERS, Pavie.
NANTES, Busseuil ainé.
Poitiers, Catineau.

ELOGE

A LA MEMOIRE

DE SON ALTESSE ROYALE

MGR LE DUC DE BERRY,

PAR M. G. P. C. H.

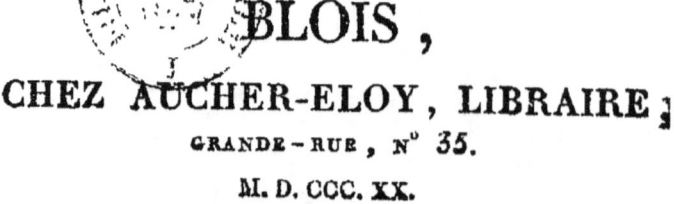

BLOIS,

CHEZ AUCHER-ELOY, LIBRAIRE,

GRANDE-RUE, N° 35.

M. D. CCC. XX.

ELOGE
A LA MÉMOIRE

DE SON ALTESSE ROYALE

MGR LE DUC DE BERRY,

Assassiné le 13 février 1820.

« Sicut solent cadere coràm filiis iniquitatis, sic corruisti.»
Vous êtes mort comme les hommes de cœur qui tombent
devant les enfant d'iniquité.

2. REG. 3, 34.

———

COMMENT est il mort ce Prince les délices de sa famille, le modèle des guerriers, le père des pauvres, l'espoir de la France, l'appui de nos destinées? Comment a-t-elle été rompue cette union si chère aux deux époux, si précieuse pour la patrie, si bien cimentée par les nobles sentimens qui en faisaient le bonheur? Comment a-t-il disparu cet héritier du trône de nos Rois, ce digne émule du bon Henry, cet illustre rejeton en qui devaient revivre ses illustres aïeux? Le palais qu'il habitait est en silence : les nobles Français qui marchaient à ses côtés sont dispersés : les braves qui s'empressaient autour de lui le cherchent envain. Je ne vois plus rien : je n'entends plus rien ; et l'affluence, et la pompe, et la magnificence ont fait place à la solitude et au deuil. Il n'y est plus!!! O puissance de la mort! O néant des grandeurs humaines!

Mais comment est-il mort? Plein de vigueur; aurait-il succombé à l'un de ces maux qui terrassent l'homme fort en un moment? Plein de courage, serait-il tombé en défendant le trône et la patrie à la tête de nos légions? ne se faisant connaître que par des bienfaits, a-t-il pu trouver un ennemi? Ah! MM. *il est mort comme meurent ceux qui tombent devant les enfans d'iniquité.* Le régicide a ranimé ses fureurs; l'assassin de Henry a reparu dans le monde pour le malheur de la France; et ce prince qui n'ambitionnait que de mourir pour nous sur un champ de bataille, est mort sous le poignard d'un malheureux dont le nom ne rappellera plus que ce que le génie du crime enfante de plus atroce.

O inconsolables douleurs! ô trop malheureuse France! que tu es coupable, si je juge de tes crimes par tes maux!

Mais non, Messieurs, et quoique je n'ignore point combien ma patrie est déchue de son ancienne gloire, je n'ignore pas non plus qu'elle nourrit encore de nobles enfans. C'est dans les rangs de ses ennemis que s'est trouvé le meurtrier de Mgr le duc de Berry.

Payons un dernier tribut de respect et de louanges à la mémoire de ce prince infortuné. Ah! si tant de fois, en si peu de temps, il a fallu s'acquitter de ce pénible devoir envers tant de royales victimes : Si le sang du juste couronné n'a pas éteint la rage des ennémis des rois : ranimons notre zèle pour honorer celui qu'elle vient de nous enlever ; et que nos hommages soulagent notre douleur.

Au nom de la religion , au nom de la patrie ; au nom des vrais Français , je louerai les vertus du prince que nous pleurons tous. Pour expier le forfait commis sur sa personne , je célébrerai les grandes et belles œuvres qui ont rempli sa vie , et les sublimes sentimens qui ont sanctifié sa mort. Vous reconnaîtrez qu'il fut toujours bon, toujours grand ; mais que jamais il ne fut meilleur ni plus grand qu'au moment où tout allait finir pour lui sur la terre. Tel est l'éloge que je consacre à la mémoire de très-haut et très-excellent prince. S. A. R. Mgr CHARLES-FERDINAND D'ARTOIS , FILS DE FRANCE , DUC DE BERRY.

PREMIÈRE PARTIE.

Dieu , dans les mains de qui sont les destinées de l'homme , dispense à chacun de nous, aux princes comme aux autres hommes , les dons qui nous sont nécessaires pour que nous remplissions ses desseins. Les illustres enfans de Saint-Louis qui naquirent , de nos jours, autour de ce trône antique que tant de gloire avait illustré, é-taient appelés à une vie de souffrance et d'incompréhensibles amertumes. Ce trône , premier objet qui frappa leurs yeux au sortir du berceau , ils devaient le voir tout ensanglanté, écrasé sous les ruines amoncelées par la révolte, et brisé contre l'autel par une faction délirante d'erreurs et altérée de sang. Ils étaient destinés à combattre pour le défendre ; et enfin après tant d'efforts auxquels il n'avait été réservé que de la gloire, ils devaient revoir cette chère France, et rentrer par une suite d'événemens miraculeux dans ce bel héritage dont ils n'auraient jamais dû sortir.

Aussi pour qu'il remplissent d'aussi douloureuses destinées, le Ciel les combla de ces vertus qui seules peuvent former l'homme à vivre avec gloire dans le malheur ; et cette excellence du cœur et de l'esprit qui est comme la prérogative héréditaire des descendans du bon Henry, il en doubla le don en leur faveur.

O mes princes! vous n'avez connu les privilèges éblouissans de votre rang que pendant l'enfance ; et à peine vous pouviez en goûter les douceurs, que le Ciel vous a présenté un calice d'amertume! mais que de gloire ce calice renfermait! puisqu'en vous le présentant, la main de Dieu l'a environné de tout ce que le courage, de tout ce que la bonté, de tout ce que la charité assurent de grandeur aux enfans de l'Evangile.

§ I. Mgr le duc de Berry n'avait atteint que cet âge où l'homme commence à donner des espérances,

lorsque les orages , précurseurs des jours de sang
et de deuil , le forcèrent à suivre son auguste
père loin d'une terre qui dévorait déjà ses plus
nobles enfans. Le malheur le fit, pour ainsi dire,
sortir de son berceau, pour le lancer au milieu des
plus dures adversités. A douze ans fuire de sa patrie, poursuivi par la haine ; et abandonner le séjour
pompeux de toutes les grandeurs pour essuyer dans
un pénible exil toutes les transes et toutes les
agitations de la tempête ! encore si ces illustres
proscrits eussent trouvé quelque adoucissement
dans de si grandes épreuves ! Mais non : et il n'y
eut plus de repos pour eux dès qu'ils eurent quit-
té la terre natale d'où les factieux les repoussaient.
Dès ce moment il n'y eut de consolation pour les
fils de France , que dans la sainteté de leur cause,
et dans l'élévation de leurs sentimens. L'honneur
leur imposait le douloureux devoir de délivrer le
trône et la patrie des fureurs qui les menaçaient;
et ce devoir , à son tour , leur imposait des tribu-
lations et des souffrances.

Bientôt, en effet, la noble bannière des lys,
relevée par eux, au-delà de nos frontières, ap-
pela à la défense du trône les braves que l'una-
nimité des sentimens avait réunis dans un même
concert d'efforts. Cruelle perplexité ! il fallait
combattre des factieux qui avait ennivré le peuple
d'erreurs , pour le pousser au crime par le mensonge ; et pour les atteindre , et pour leur arracher le pouvoir criminel qu'ils avaient usurpé,

il fallait disperser la foule abusée qui défendait les drapeaux de la révolte. Combien ils souffrirent ces princes magnanimes, de tirer l'épée contre des hommes trompés, qu'ils eussent voulu affranchir de la tyrannie qui les dévorait, et dont il plaignaient les égaremens en admirant leur valeur! mais l'audace toujours croissante de la révolte ne leur laissait que l'alternative d'un lâche repos, ou de glorieux combats. Ils s'élancèrent au combat.

Alors on vit l'élève du valeureux Condé, le jeune duc de Berry, combattre sous les yeux, et pour ainsi parler, sous l'inspiration de ce grand capitaine. Alors on vit ce jeune prince, devenu le compagnon d'armes du jeune duc d'Enghien, rivaliser de bravoure avec ce descendant de tant de héros; et qui devait hélas! en être le dernier. Alors on vit un fils de France, nourri jusqu'à ce moment des délices de la cour, apprendre au milieu des camps à combattre et à souffrir en soldat. Sa bouillante valeur ne connaissait de postes qui fussent dignes d'elle que ceux qui l'approchaient du danger; il ne se trouvait bien que là. Sa fermeté à maintenir la discipline, n'admettait d'autre indulgence que la bonté qui en tempéroit la rigueur; et il ne gardait des privilèges de son rang que celui d'être le premier en avant des braves dont il partageait les périls, et dont il se montrait l'émule. Il ne savait pas attendre la gloire. Enfin sa loyauté, sa noble franchise,

ces belles vertus qui distingnèrent toujours nos preux, lui attachaient tous les cœurs,
comme sa bravoure chevaleresque fixait sur lui
tous les regards. Ah ! disons le comme notre monarque le disait à nos vieux capitaines : « Celui
« que nous pleurons était un brave, il doit être
« regretté de tous les braves (1). » Oui il est digne
des larmes et des regrets de cette armée dont il
eût partagé les travaux avec une noble fierté, si il
eût eu à combattre avec elle. C'était l'espoir de son
grand cœur. « J'espérais un jour, disait-il, verser
« mon sang en combattant pour la France (2). »
Pour elle il aurait affronté les fatigues de la
guerre, les périls des combats ; pour elle il aurait donné son sang avec joie. Lorsque sa
vaillante épée menaçait les coupables arti-
sans de nos maux, il regrettait le sang qui
coulait. Ce sang était francais. Mais lorsque rendu à notre amour, il désirait répandre le sien
dans les batailles, il voulait le répandre pour cette
chère France dont les malheurs l'affligeaient si
vivement ; ô France ! même en mourant il était
plus occupé de tes maux que des siens. L'entends-
tu s'écrier avec l'accent de la douleur : *O ma patrie, malheureuse France ! quil est cruel pour
moi de mourir de la main d'un Français ! Que
n'ai-je trouvé la mort dans les combats* (3).

(1) *quotidienne*, 17 février.

(2 *quotidienne*, 17 février.

(3) *quotidienne* 16 février, *Conservateur* 73.

§ II. Elle eût été sans doute pleine de gloire pour lui, si il eût succombé à la fleur de son âge en vengeant ses droits. Mais le ciel, en réservant à d'autres temps le rétablissement du trône Français, pour l'accomplir par d'autres moyens, voulait que ce noble enfant des lys, ramené par la paix dans sa patrie, conquît notre amour par ses vertus pacifiques ; et que sa bonté lui obtînt sur nos cœurs des droits que la valeur n'obtient pas quand elle est seule. Hélas! chez les Bourbons la bonté fut toujours l'ornement du courage.

Mais pourrai-je vous la peindre dans toute son excellence, la bonté de notre malheureux prince? pourrai-je vous peindre cette bonté qui ne se produisant telle qu'elle était que dans l'intimité de la vie privée, ne pouvait être bien connue que par ceux qui en étaient l'objet? ne serait ce pas une témérité d'esquisser le portrait du meilleur des époux? de vous parler de la tendresse conjugale de Mᵍʳ le duc de Berry, de cette tendresse si empressée dans son zèle, si assidue dans ses soins, si délicate dans ses attentions, si noble, si pure dans ses motifs, si constante dans ses affections, et qui ne se démentit jamais? m'appartiendrait-il de vous dire combien ils étaient heureux de la réciprocité de leurs sentimens, ces époux que Dieu avait unis pour notre bonheur, et qui sentaient chaque jour s'augmenter au fond de leurs cœurs l'amour du lien qu'ils avaient formé, avec la respectueuse affection qui en faisait les délices? ah MM., un époux tel que Mgr le duc de Berry ne peut être loué que par une épouse digne comme celle qu'il avait reçue du ciel, de connaître sa belle âme ; et ce n'est qu'en rappelant l'amertume des regrets, et l'excès de la douleur de l'épouse, qu'on peut faire l'éloge de l'époux. Du moins en descendant vers des objets moins élevés, je pourrai célébrer cette bonté qui, cherchant toujours à se répandre, ne se montrait jamais plus touchante que lorsqu'elle se communiquait avec plus d'abandon.

Racontez-nous, généreux compagnons de ses travaux, tout ce qu'il vous témoignait d'attachement et d'affection! dites-nous, vous que d'honorables fonctions tenaient toujours à ses côtés, tout ce qu'il vous montrait de franchise et d'amitié! vous aussi que des services moins brillans attachaient à sa personne, dites-nous tout ce qu'il mettait d'affabilité jusque dans les ordres qu'il vous donnait! et vous que la seule bienséance conduisait dans son palais, dites nous avec quelle bienveillance il recevait vos hommages, avec combien de grâce il reconnaissait vos respects! vous surtout que la clémence royale a ramené dans ce palais si sacré pour des cœurs français, dites-nous avec quelle aimable loyauté il accueillait l'expression de vos sentimens ; et avec quel doux contentement, vos yeux se baignèrent des larmes de la reconnaissance! vous enfin , nobles soldats de Condé , dites-nous si , institué par ce prince magnanime, héritier de son zèle et de ses soins , il n'a pas rempli avec empressement le glorieux devoir qui lui avait été légué , d'honorer votre fidélité et de récompenser vos services !

Né vif et ardent, il fut quelquefois emporté par son caractère plus loin que son cœur ne l'aurait voulu. Il est si facile à un prince dont l'adolescence a été nourrie du tumulte des camps, de se ressentir de l'impétuosité de la valeur guérriére! mais avec quelle bonté il réparait ces torts si peu réfléchis! pour en effacer jusqu'à la trace, il n'avait qu'à suivre l'inspiration de son cœur. Avec quelle promptitude il faisait oublier les plus legers sujets deplainte! avec quelle générosité, avec quelle franchise il dédommageait ceux à qui il avait pu déplaire ; et quand il revenait à eux, comme leur cœur pénétré s'attendrissait aux genoux d'un prince qui se montrait plus grand dans l'aveu de ses torts , qu'il n'avait été coupable dans sa faute!

Censeurs trop sévères des faiblesses desgrands , dites si l'homme terrible qui ne voulait autour de lui que des êtres rampans, fut jamais aussi grand que le prince qui ne connaissait que des amis ; et qui compensait si largement l'indiscrétion de la vivacité par les charmes de la bienveillance.

Et ne croyons pas , M. , que cette bonté ait été une faveur réservée à des amis honorés de l'intimité particulière du prince. Elle eût perdu tout ce qu'elle avait de grand, si elle n'eût été que l'inspiration d'un sentiment exclusif. Non, non ; il n'en connaissait pas de tels, le prince qui veillait sur l'avenir de ses moindres serviteurs; et qui pourvoyait d'avance aux besoins de leur vieillesse, en récompensant la sage économie que lui même avait encouragée. Il en donnait de si beaux exemples dans l'administration de sa propre maison! non, il ne connaissait pas de sentimens exclusifs, le prince en qui la bonté était un fruit de la charité que la religion commande à tous les hommes! la charité! c'est elle qui élève les grands en les rapprochant de ceux que la providence a placés au-dessous d'eux! la charité! c'est par elle que les grands se rendent semblables à Dieu que sa charité a abaissé jusqu'à nous.

§III. Ce n'est plus la bienfaisance que je loue, c'est la charité. Non, ce n'est plus seulement le prince qui répandait tant de grâces sur les faveurs accordées, au nom du Roi, à la fidélité ; ce n'est plus seulement le prince qui créait un emploi dans sa maison pour assurer une récompense à d'anciens services; ce n'est plus seulement le prince qui ne pouvant ramener d'une terre étrangère l'instituteur de sa jeunesse (1), se chargeait lui-même du travail qu'il voulait lui confier, pour le faire jouir

_____

(1) M. de Provanchère, *quotidienne* 11 avril.

au loin des avantages qu'il lui destinait; en un mot ce n'est plus seulement Mgr le duc de Berry aimant à faire du bien que je célèbre , c'est Mgr le duc de Berry faisant du bien par charité. Oui : je louerai avec vénération le prince qui dans l'espace de trois ans a versé plus d'un million dans les mains des pauvres: le prince qui donnait, chaque année , plus de trois cent mille francs aux indigens de la capitale : le prince dont le cœur ne se ferma jamais à la plainte ; et qui a si bien mérité le beau nom de père des pauvres par son zèle empressé à les soulager: le prince enfin qui, se fût offensé du silence des magistrats qui n'auraient pas appelé sa charité au secours des malheureux . O qu'il était charitable ! le prince qui passionné pour les beaux arts, se refusait à lui-même de nobles satisfactions, pour ne pas refuser aux pauvres le pain qu'ils attendaient de lui ; et qui *se serait reproché d'acheter un plaisir dont il pouvait se passer , dans un temps où les pauvres appelaient toute sa sollicitude* (1). O qu'il est beau de substituer l'aumône à d'honnêtes contentemens ! qu'il était charitable le prince qui voulait qu'on ne l'épargnât jamais lorsqu'il fallait nourrir ceux qui avaient faim , vêtir ceux qui etaient nuds , soutenir ou relever ceux qui pliaient sous le malaise! qu'il était charitable le prince qui pour aider son serviteur à élever sa nombreuse

_____

(1) Paroles du prince, *quotidienne* 19 février.

famille, nourrissait lui-même une partie de ses enfans! qu'il était charitable le prince qui ne faisait reconnaître son pouvoir et l'éminence de son rang, que par la continuité de ses riches aumônes et par la multitude de ses bienfaits!

Louez-le, et que vos larmes célebrent sa mémoire, vous tous indigens qui ne l'avez jamais imploré en vain! racontez ses bienfaits, vous pasteurs des brebis du seigneur ; vous, magistrats dépositaires des dons de son inépuisable charité, qui, de ses mains augustes, passaient par les vôtres dans le sein des malheureux! transmettez à nos neveux le récit de ses belles œuvres, vous que sa présence animait, que ses largesses encourageaient, que sa protection soutenait dans ces utiles établissemens toujours ouverts aux cris du besoin, toujours prêts à soulager toutes les infortunes, toujours empressés à prévenir ou à réparer tous les malheurs! que nos places publiques retentissent de vos gémissemens ; et que ce concert de douleurs porte jusqu'aux extrémités du monde l'éloge de votre père! qu'ils se taisent devant vous, qu'ils soient confondus par vos pleurs, ceux qui ne partagent pas vos regrets! entrez, entrez dans le temple du seigneur, pleurez votre infortune aux pieds de ce grand dieu père du pauvre et de l'orphelin, le soutien de la vèuve et le défenseur du pupille ; et que l'adorable victime, offerte en votre nom, obtienne à votre bienfaiteur la gloire promise pour récompense à la cha-

rité! ah ! que le denier de la veuve, uni au sang
de Jésus-Christ, a de prix devant celui qui juge
nos œuvres en sondant nos cœurs! suivez sa dé-
pouille vénérable jusqu'au lieu de son repos, où
elle attendra en paix sa résurrection triomphante!
c'est à vous aussi qu'il appartient d'honorer ses
funérailles. Vos soupirs et vos louanges surpassent
tous les hommages. Des pauvres qui pleurent, des
serviteurs fidèles qui gémissent, sont le cortège le
plus digne de lui. *Eleemosinas illius ennarrabit
omnis ecclesia* (1).

De tous les points de la France des millions
de voix s'unissent à vos voix ; tous les cœurs fidèles ressentent vos douleurs ; et vos plaintes se
répétent jusqu'aux extrémités de l'empire. Quelle
est l'infortune qu'il n'a pas soulagée ? Quel est le
désastre qu'il n'a pas réparé? que les intempéries
aient désolé nos campagnes, que le Dieu vengeur
nous ait châtié par la grêle ou par les inonda-
tions, que les flammes aient consumé l'humble
toît et dévoré les moissons du laboureur, attend-
il qu'on le sollicite ? et sa charité inspirée par la
providence, n'accourt-elle pas au secours des
affligés? O charité que les flammes n'intimidaient
pas ; charité intrépide que l'on a vue au foyer
d'un vaste incendie (2) diriger et partager les
efforts qui en arrêtaient les ravages ; charité pré-

(1) *Eccli.* 31. 11.

(2) Des attéliers des messageries.

venante qui vole au-devant de l'infortune ; charité
que sa seule bonté avertit, que sa propre inspiration détermine, que sa seule compassion atten-
drit ; charité qui ne voit de bonheur que dans le
bonheur des malheureux; qui ne connait d'intérêt
que l'intérêt du pauvre, qui double ses dons par sa
modestie, qui augmente la joie de l'infortuné
qu'elle soulage du plaisir que son affabilité lu[i]
procure : « Elle était patiente, elle était bonne:
elle n'était ni jalouse, ni bizarre, ni ambitieuse,
ni vaine, ni défiante : elle supportait tout, elle
espérait tout, elle croyait tout la charité du fils
de saint-Louis : elle ne croyait point le mal, elle
ne se réjouissait que de la vérité et de la justice » (1). O famille auguste ! en vous rendant à
la France, le ciel nous a rendu la reine des vertus,
pour en perpétuer parmi nous l'empire. Non, tant
que les descendans du saint Roi vivront, la charité
ne périra pas. leurs grands exemples en animeront
le feu dans les âmes fideles que Dieu se réservera.
Ah si l'âme de l'infortuné prince eût pu s'ouvrir à
la défiance, si il eût pu connaître la haine, il
aurait pressenti les horribles desseins de la barbarie, et nous n'aurions pas à déplorer sa mort.
Il vivrait, et sa charité qui, peu de momens
avant l'exécrable assassinat, envoyait de nou-
veaux secours aux pauvres de la capitale, serait

(1) *Corinth.* 13.

encore aujourd'hui l'objet de notre admiration (1)
Et l'aumône lui porterait bonheur, et il se ver-
rait plus riche pour l'avoir faite 2).

Pourquoi tant de bienfaits n'ont-ils pas gagné
tous les cœurs? pourquoi a-t-il fallu que sa mort
nous révélât ses vertus? Il était si digne de notre
amour ! et ce sont les torches funéraires qui nous
ont éclairéssur l'immensité de notre perte. C'est sa
mort, oui, c'est sa mort qui, plus encore que sa vie,
nous a montré en lui le prince bon et bienfaisant
par charité, grand et plus élevé que son rang
par la foi, doué des plus sublimes vertus que
l'évangile ait apportées sur la terre, digne enfin de
plus de gloire qu'il n'en eût pu obtenir dans le
monde, et de plus d'hommages que l'homme
n'en peut offrir aux grands d'ici-bas ; c'est sa
mort qui, plus que sa vie, nous a montré en lui
le héros de la religion.

---

(1) Le soir même Monseigneur le duc de Berry avait
envoyé mille francs, *quotidienne* 17 février.

(2) Paroles du prince rapportées par M. l'abbé de Mac-
carthy dans un sermon pour une assemblée de charité.

SECONDE PARTIE.

Mgr le duc de Berry était une victime dont la providence voulait ajouter le sacrifice au sacrifice des victimes royales que la barbarie révolutionnaire avait déjà immolées. Il fallait donc que la mort fût sanctifiée par toutes les vertus et empreinte de tous les traits qui font la gloire du juste mourant. Il fallait qu'en pleurant sur sa tombe ; le chrétien pût se consoler par l'espérance.

§ I. Depuis cinq ans un assassin, animé de toutes les fureurs de la haine méditait le crime ; il suivait de l'œil la victime qu'il avait choisie, il était sur ses traces, il épiait les momens et il n'attendait que celui qui lui offrirait, avec la facilité de se soustraire par la fuite, le moyen d'exécuter son infâme projet. Malheureusement il croit l'avoir trouvé. Prompt comme l'éclair, il fond comme la foudre ; il frappe ; il tue. Je ne décrirai pas cette scène de sang ; je ne vous montrerai pas ce Prince arrachant le fer qui a percé son noble cœur ; cette épouse inondée du sang de son époux ; cette auguste famille accourant à la hâte auprès du fils, du frère qu'elle va perdre ; ce monarque qui se sent frappé lui-même jusqu'au fond de l'âme, là où habite l'espérance ; et cette princesse sanctifiée par tant de si grandes douleurs, qui voit encore une fois couler le sang royal ; je

ne vous montrerai pas ce monstrueux coupable
calme auprès du lieu où sa victime expire, en-
tendant, sans émotion, les sanglots et les plaintes
de la douleur et de l'amitié désolée. Je ne vous
montrerai pas enfin ces serviteurs dévoués, ces
sujets fidèles tous en pleurs, s'empressant auprès
du prince, adressant leurs vœux au ciel, mêlant
leurs larmes aux pleurs de l'épouse, du père, du
frère, de la sœur, du monarque dont ils ressentent toutes les souffrances; et la maison de la fri-
volité et des plaisirs corrupteurs réunissant tout
ce que la douleur a de plus amer à tout ce que le
crime a de plus atroce, à tout ce que la vertu a de
plus sublime. Je ne veux vous dire que ce qu'il y
a eu de céleste dans cette horrible catastrophe.

O mon Dieu! qu'elle est imposante la leçon
que vous avez donnée au monde! zèle, secours,
empressemens, vous consolez le cœur du prince;
hélas! vous ne le rendez pas à la vie. Il est frappé
à mort; il le sent; et incapable de se prêter à
des espérances qui l'auraient séduit, il ne pense
qu'à remplir les devoirs que lui imposent la tendresse paternelle, l'amitié conjugale, la charité
héroïque, la foi la plus vive. Grand Dieu! vous
avez voulu qu'il mourût en saint; et votre clémence, pour lui faire trouver son salut dans le
crime qui le ravissait à la France, l'a prévenu de
ses grâces les plus précieuses! c'est vous qui avez
ajouté quelques heures à sa vie, c'est vous qui
avez arrêté la mort, pour qu'il pût se préparer;

sur son lit de douleur, à entrer dans une meilleure vie! c'est vous qui avez rallenti les ravages
du fer parricide, pour qu'il mourût sur le sein et
dans l'exercice des plus sublimes vertus! c'est
vous, c'est vous, mon Dieu, qui avez disposé
toutes choses pour que la religion apparût dans
toute sa grandeur là où si souvent elle reçoit tant
d'outrages, et que la piété héroïque du prince
chrétien consolât le monde épouvanté par un
assasin impie! famille auguste! père, épouse,
frère, sœur désolée, que demandez-vous au ciel?
qu'il vive ce prince chéri? O! oui, il vivra dans
une meilleure patrie ; et vos vœux sont exaucés,
puisque le duc de Berry meurt en prédestiné ;
puisque surpris par la mort dans ce lieu si dan-
gereux pour la vertu, il peut placer entre le coup
qui le frappe et son dernier soupir sept heures
d'une existence qui eût illustré une longue vie.

Le premier sentiment qui s'exhale de ce cœur
si chrétien, c'est le sentiment le plus élevé de
tous ceux que la religion commande et inspire,
la charité qui pardonne à un ennemi : « *Je pardonne à mon assassin, quelqu'il soit,* » s'écrie
le prince au moment où il vient d'être frappé (1);
le fer qui l'a percé a mis au jour toute sa grandeur d'âme ; puisqu'avec son sang sort de son
cœur si bon l'assurance du pardon pour le coupable. A son tour la tendresse paternelle réclame

(1) *Relation exacte*, page 7.

ses droits. Elle appelle l'objet de ses affections : *chère enfant !* le cœur de votre père palpite pour vous ; ses embrassemens et ses derniers vœux soulagent sa douleur, sans aller jusqu'à votre âme incapable encore de sentir le malheur qui vient de vous atteindre ! vous le connaîtrez un jour, et vous saurez qu'au moment où il vous serrait dans ses bras défaillans, ce tendre père vous laissa pour gage de son amour, ces paroles de douleur et de bonté : *Chère enfant ! puisses-tu être moins malheureuse que ta famille* (1) *!*

Et vous auguste princesse, vous épouse et mère, qui portez peut-être dans votre sein le précieux rejeton qui consolera la France, ah ! est-il une douleur semblable à la vôtre ? O ciel ! soutenez son courage ! sa présence, ses soins adoucissent pour son époux les amertumes de la mort. Que l'héroïsme, que le calme du prince passant dans son âme, lui rappellent le fruit qu'elle a conçu ; et l'élèvent au-dessus de son infortune ! oui, princesse trop malheureuse ! le ciel vous le donnera ce courage que votre époux vous inspirait ; et les barbares verront que leurs poignards ne peuvent rien contre la vertu.

La religion qui présidait à cette scène de douleur, attendait que ces premiers devoirs fussent remplis, pour répandre ses grâces sur le prince qui l'avait invoquée dès le premier moment. Ne

***

(1) *Relation exacte*, page 10, *Conservateur*, livr. 73.

s'occupant plus que de lui-même, M⁸ʳ le duc de Berry se jette dans son sein. Les ministres sacrés sont accourus à sa voix ; et l'homme de sa confiance, le pontife dans les bras duquel il veut mourir, reçoit sa confession. Quel obstacle ce cœur si généreux aurait-il opposé aux faveurs du ciel ? Et comment cette grande âme aurait-elle manqué de la courageuse humilité du repentir ? *Le prince qui ne craignait pas la mort, le prince qui ne craignait que pour son salut* (1), omettra-t-il un seul des devoirs auxquels le pardon est attaché? ah MM. il se montrera plus grand que jamais dans ce terrible moment où finit toute grandeur périssable. Il ne rougira ni d'avouer ses fautes, ni d'exprimer ses regrets, ni de réparer ses torts ; et les lèvres attachées sur l'image du rédempteur crucifié, il témoignera sa douleur, comme il exprimera sa confiance. Coulez en abondance dans son cœur, ô précieux sang, qui avez effacé les péchés du monde! que l'huile sainte' pleine de vos mérites, le purifie ; et *que cette belle âme retourne au ciel d'où elle est venue, et pour lequel elle était créée* (2).

Il n'est pas temps encore. La charité plus forte que la mort retient le prince. Il ne quittera le monde qu'après que la religion l'aura marqué

---

(1) Paroles du prince, *Relation exacte*, page 9.

(2) Paroles de S. A. R. Mme la duchesse de Berry., *Conservateur*, liv. 73, page 349.

du dernier signe de sa prédestination. Le monarque arrive. A la vue de son roi, Mgr le duc de
Berry se ranime, pour demander la grâce de son
assassin. « *Sire, s'écrie-t-il, grâce! grâce! pour
l'homme qui m'a frappé*; » Ah! mon prince!
est-il homme, le barbare? « *grâce au moins de
la vie! ne me refusez pas cette dernière faveur
que je vous demande; c'est peut-être quelqu'un
que j'aurai offensé sans le vouloir.* » (1)

Non, mon prince, non : vous ne l'avez jamais
offensé ; vous ne l'avez jamais vu ; et il y a cinq
ans qu'il vous poursuit; vous l'appelez un *homme*;
et parceque vous ne concevez pas comment il a
pu lever contre vous, sans sujet, son bras parricide; *c'est donc un insensé* (2) *!* vous écriez-vous :
et vous exprimez, je dirais presqu'avec impa-
tience, le désir de lui obtenir grâce de la vie. Ah!
vous ne connaissez pas les profondeurs de la barbarie qui vous a frappé! ô bonté! ô charité! qui
ne voit que la démence dans l'excès de la cruauté!
vous êtes, ô fils de saint Louis, le disciple sincère
de l'Homme-Dieu crucifié, puisque vous dites
comme lui, pardonnez-leur, car ils ne savent ce
qu'ils font; » *Pater, dimitte illis ; non enim sciunt
» quid faciunt.* » (Luc. 23.)

§ II. Il faut en effet, que l'assassin lui-même nous

---

(1) *Conservateur*, liv. 73, page 342.
(2) *Quotidienne*, 16 février 1820.

apprenne le secret de son épouvantable crime.
Envain nous chercherions dans le cœur humain
la passion qui a aiguisé son poignard ; ce n'est
pas là que nous la trouverions ; puisque le malheureux qui ne croit pas en Dieu, se place hors
de l'espèce humaine. La haine pour l'auguste famille des Bourbons, animée par l'athéisme, voilà
l'horrible puissance qui a poussé la main du
meurtrier : « *Dieu n'est qu'un mot*, a dit l'impie
dans sa férocité ; *les Bourbons sont des tyrans,
et les plus cruels ennemis de la France* (1). Ah !
son cœur, endurci par la plus monstreuse impiété, ne pouvait s'ouvrir qu'aux sentimens et aux
projets de la barbarie ! dans ses ténèbres infer-
nales, le malheureux ne pouvait sentir que le feu
de la fureur ; et son esprit exalté par les suggestions
écrites des hommes de mensonge, ne devait voir
que des ennemis dans des princes que la justice
et la vertu recommandent à notre amour, comme
leur naissance les recommande à nos respects.

Il est donc l'enfant de vos doctrines, ce grand
criminel, ô apôtres d'impiété qui ne travaillez
qu'à arracher la religion du cœur de l'homme !
vous ne pouvez échapper à la honte de la complicité. Son crime est le fruit de vos leçons ; et
toute son infamie revient à vous parcequ'elle vient
de vous. O hommes dont la bouche ne s'ouvre
que pour blasphémer, il a répété ce qu'il a ap-

(1) *Conservateur*, liv. 73, page 343 et 352.

pris de vous, lorsqu'il a proféré cette parole épouvantable qui ne s'entend pas même en enfer ;
Dieu n'est qu'un mot. Lors donc qu'il a con-
sommé son crime, il n'a fait que suivre vos
enseignemens. Comment vous disculperez-vous,
propagateurs audacieux de l'athéisme le plus ef-
fronté ? le crime, fruit de l'athéisme, ne retom-
be-t il pas sur les hommes qui font les athées ?
Il est donc aussi l'enfant de vos doctrines, hommes altérés du sang royal ! il avait recueuilli ce
que vos plumes impures ont répandu de calom-
nies contre la famille de nos rois ; il s'en était
nourri. C'est à l'école des régicides qu'il a conçu
son forfait ; et tout ce que la fureur peut donner
de vigueur pour le crime, c'est de vous qu'il l'a
reçu. Comment repousserez-vous cette accablante
inculpation ? Quand, dans vos horribles produc-
tions, vous irritez les passions par le mensonge;
quand votre noire malignité outrage sans pudeur
les têtes les plus sacrées ; quand vous criez que
les plus horribles attentats sont des opinions,
n'enhardissez-vous pas aux plus exécrables forfaits ceux que vous pervertissez par vos écrits ?
Qu'importe que vous n'ayez pas livré la victime
au fer assasin, vous qui par vos suggestions avez
empoisonné le cœur du meurtrier, aveuglé son
esprit, endurci son âme, affermi son bras ! en vain
vous cherchez à éluder : l'athéisme et la révolution, unis par une horrible complicité, ont été
pris en flagrant délit.

Mais dites-le nous : qui a répandu la calomnie jusqu'au fond de nos campagnes, avec plus de vitesse que le zèle n'a pu en apporter à les instruire de l'horrible forfait? quelle main a lancé ces traits chargés des poisons de la haine contre la victime ? qui donc a dit aux plus obscurs habitans de nos provinces, tantôt que la fidélité conjugale outragée (je frémis en le rapportant), avait armé l'assassin , d'autres fois que la susceptibilité militaire irritée avait satisfait ses ressentimens ? l'avaient-ils inventé ceux qui le répétaient ? et lorsqu'ils résistaient à la notoriété la plus claire, ne nous prouvaient ils pas qu'ils ne nous redisaient que ce que vous leur aviez suggéré ; et que ces odieux mensonges étaient peut-être un moyen pris d'avance , ou du moins un moyen employé avec rapidité pour noircir la mémoire du prince , et justifier en quelque sorte son meurtrier ? ah! l'homme sans reproches n'eut jamais besoin de calomnier pour détourner les soupçons ; et si à la vue du duc de Berry mourant sous le poignard d'un ennemi des Bourbons, vous vous êtes hâté de mentir, c'est que vous avez senti que la France allait vous accuser.

Pourquoi encore , pourquoi tant d'efforts pour persuader à ce peuple toujours trompé par vos mensonges, qu'il n'y avait qu'un coupable ? Les sujets fidèles ont ils eu à craindre que la voix publique les accusât de complicité ? Est-ce sur leur front que l'on a vu des joies féroces? Est-ce sur leur lèvres que l'on a surpris le sourire barbare ? Que n'attendiez-vous du moins que les aveux du coupable, reconnus vrais, le courbassent lui seul sous le glaive des lois, et vous justifiassent? votre empressement annonçait la crainte ; et il semble qu'on n'est pas si prompt à protester de son innocence, quand on ne mérite, sous aucun rapport, d'être impliqué. Est-ce l'assassin qui a inventé l'athéisme ? est-ce lui qui le premier a voué haine aux Bourbons? et si son cœur a reçu d'ailleurs ces affreux poisons, peut-on le regarder comme le seul coupable ?

O mon prince ! il manquait à votre mort un caractère auguste. Elle ne devait pas seulement être sanctifiée par la charité la plus sublime ; il fallait encore qu'elle fut empreinte du sceau du martyr. Vous êtes mort victime de la haine la plus injuste comme la plus féroce, de l'impiété la plus furieuse comme la plus barbare ; vos ennemis vous ont poursuivi au-delà de votre dernier soupir. En frappant l'arbre dans sa racine, ils ont voulu frapper de mort et la justice et la religion. Vous êtes donc mort martyr sous les coups de cette révolution qui a fait tant de martyrs, et nous espérons comme vous *dans la miséricorde de Dieu pour votre salut: la manière dont vous périssez, aura désarmé sa colère, et obtenu le pardon de vos fautes* (1); *comment ne vous par-*

_____

(1) Paroles du prince, *relation exacte*, page 9.

donnerait-il pas puisqu'il fait de vous un mar-
tyr (1).

§ III. La France entière le croit et le proclame,
MM.et pour que ses regrets impriment à la victime
que nous pleurons le dernier trait de gloire, elle
n'a besoin que d'exprimer ce qu'elle sent. N'est-
il pas le cri de la vérité, ce cri qui s'élève de
toutes parts contre les doctrines impies, contre
les hommes pervers qui ne cessent d'irriter les
passions populaires, pour les accuser les uns et les
autres de tous les forfaits et de tous les maux qui
font couler tant de larmes? qui donc a dicté à
tout ce que la France renferme d'hommes honnêtes les plaintes qu'ils ont tous ensemble dépo-
sées aux pieds du monarque? nommez-nous les
instigateurs qui ont réuni ces évêques, ces capitaines, ces magistrats, ce peuple, ces pauvres
qui ont exprimé les mêmes sentimens, parcequ'ils
éprouvaient les mêmes regrets; qui ont mêlé leurs
larmes, parceque leur douleur était la même,
qui ont fait entendre les mêmes vœux, parcequ'ils
sentaient les mêmes besoins. Dites-nous dans
laquelle des passions cette douleur universelle a
pris naissance; quel intérêt a fait couler tant de
pleurs; et comment il s'est fait que les témoi-

---

(1) Paroles de Mgr le duc d'Angoulême au prince son
frère mourant; *Quotidienne*, 22 février.

gnages les plus touchans d'amour, les gémissemens les plus vifs, soient partis de cette classe que
sa médiocrité tient à une si grande distance des
grands d'ici-bas. Ah ! MM., ils se sont tous sentis
blessés au cœur; c'est leur amour pour nos princes,
c'est l'amour de la patrie, c'est l'effroi, c'est la
crainte de l'avenir qui leur ont inspiré leurs plaintes ; leurs plaintes sont l'expression de leur amour
consterné ; c'est la voix de Sion qui se sent mourir elle-même, et qui crie, en levant ses mains
au ciel, *malheur à moi, mon âme m'abandonne,
à cause du carnage qui s'est fait de mes enfans !*
« Væ mihi, quia defecit anima mea propter in-
« terfectos » (1); *c'est la France qui demande
des larmes, pour pleurer jour et nuit, la mort
cruelle de ses princes:* « plorabo die ac nocte ,
« interfectos filiæ populi mei » (2). Il n'est
que des pervers qui puissent calomnier notre
douleur; et il n'y a pas plus à comparer les sentimens de la France pleurant le duc de Berry aux
suggestions barbares du génie révolutionnaire ,
qu'à assimiler Malsherbes et Desèze aux régicides.

O mon prince ! vous l'aurez entendue du haut
du ciel cette voix de la France ! les prières, les aumônes, les larmes offertes au roi immortel des siè-
cles, nous auront obtenu un regard de sa miséricor-

---

(1) *Jerem.* 4. 31.

(2) *Jerem.* 9. 1.

de ; et à vous, nous l'espérons, la jouissance du bonheur qu'aucun ennemi ne vous ravira. Vous aurez vu l'indigence elle-même unissant sa précieuse offrande aux dons des grands ; vous aurez entendu la simplicité du pauvre mêlant ses hommages aux louanges de vos éloquens panégyristes ; et vous aurez reconnu que si le sol de la patrie a pu être de nouveau souillé par un crime infâme, les Français ont su pleurer votre mort et leur malheur ; et qu'ils ne sont pas indignes d'avoir pour intercesseurs auprès de Dieu, les martyrs que le fer parricide a enlevé à leur amour. Il l'a dit le barbare ! il vous a choisi pour sa victime, parceque vous étiez le plus jeune des héritiers de nos rois, et celui de qui la France pouvait attendre des successeurs au trône. Il a donc voulu tuer notre avenir. ah ! mon prince du sein de ce royaume impérissable, où nous espérons que le sang de Jésus-Christ vous a introduit, protégez ce royaume terrestre dont vous étiez l'espoir ! soutenez, par vos intercesions, cette couronne que vous eussiez portée avec tant de gloire ! priez pour cette France dont vous désiriez si vivement le bonheur ; priez pour ces Français que vous aimiez comme vos enfans ! le roi martyr vous a reçu ; *dites-lui de prier pour la France et pour nous.*(1)

(1) Paroles de Madame au prince mourant, *quotidienne* 17 février 1820.

I BLOIS, IMPRIMERIE DE VERDIER.

On trouve aussi chez Aucher-Eloy, *libraire*
à Blois :

Mémoires touchant la vie et la mort de Mgr le duc de Berry, par
M. de Chateaubriand, in-8.—5 fr.

Éloge funèbre de Mgr le duc de Berry, par M. Alissan de Chazet,
in-8., port.—2 fr. 50 cent.

Relation exacte de la mort du duc de Berry, (imprimée au profit
des pauvres)—50 cent.

Ode sur la mort du duc de Berry, par M. de Canela sous-direc-
teur du collége de Pont-le-Voy, in-8.—50 cent.

Le duc de Berry, ou Vertus et belles actions d'un Bourbon, in-4.,
douze gravures, deux livraisons, —18 fr.

Médaille de S. A. R. Mgr le duc de Berry, —6 fr.

La même, double grandeur, —10 fr.

Essai sur l'indifférence en matière de religion, par l'abbé F. de la
Mennais, tome premier in-8. —6 fr. 50 cent.

     tome second ,   —6 fr. 50 cent.

Méditations poëtiques, par M. de la Martine, troisième édition,
in-8. —3 fr.

Nota. On souscrit chez le même libraire, à *La bibliothèque des
dames chrétiennes,* au *Défenseur,* aux *Lettres Champenoises*) etc.

www.ingramcontent.com/pod-product-compliance
Lightning Source LLC
Chambersburg PA
CBHW072300210626
46818CB00017B/1927